흙냄새 나는 시

홍득은 시선집

흙내음 시화

東涉尙衡

혁명, 생명의 진실한 도약

혁명을 운위하기에는 늦었거나 물색을 모른다는 타박을 받기 쉬운 시절에 여전히 혁명을 시적 동력으로 삼는 시인, 황두승의 문학적 순정과 열정은 아이러니한 밧줄 위에 서 있는 어름사니의 형상처럼 위태롭다. 하지만 시인이란다면 그 누가 무시와 조롱, 연민의 '절대고독' 속에 자신을 두려하지 않겠는가. 그것이 시인의 영예이자 참형인 것을.

혁명은 일상의 노동 속에서 꿈을 꾸고 "뱃길 넘어, 땅끝 넘어, 은하수 길 넘어 / 또 다른 땅끝을 향한 나그네 길이라도 / 언제나 새벽의 기다림을 삭히고 삭히는 / 황야의 별빛"(「고상한 혁명」)처럼 아득하면서도 돌연한 '사이와 사이의 사이'에서 벌어지는 사건이 아니던가. 그렇지 않다면 "어둠을 캐내면서"(「캠」) "철학자처럼 생각하고, 농부처럼 일하라/ 혁명의 눈물로/ 거듭난 역사의 씨앗을 적"(「보이지 않는 데생」)실 의미가 없다. 오래고 끈질긴, 그러면서도 섬세하고 민감한 삶의 감각과 반복되는 노동의 깨어 있는 의식 속에서 '세월이 혁명'(「소나무」)이고 사랑이 '엽록체의 사랑'(「엽록체의 사랑」)으로 "고루고루 햇살을 나누"는 자세를 갖춰야 한다.

　황두승 시인의 법치적 이성은 나라의 인본적 규준과 사회의 공적 질서를 바로 세우고 법을 수호하는 가치기준의 판별자로 꿋꿋하지만, 삶에 대한 민감성과 모두가 더불어 살아가는 혁명의 공동체를 꿈꾸는 감성에서는 '변산바람꽃' 처럼 "그리움이 별빛될 때까지, 둥그런 꽃술을 내민 채,/ 온몸으로 꿀향기를 뿜으며 진다"(「변산바람꽃은 바람에 지지 않는다」)는 자태를 견지하려 한다. 그런 점에서 황두승은 천상 여리고 부드러운 심성과 바르고 올곧은 향취를 간직한 '한란'(寒蘭)과 같은 시인이다.

　여태까지의 시력을 정리하고 앞으로 정진하는 시점에서 상재되는 시선집을 통하여 그의 앞날에 혁명 같은 에너지가 진정으로 작동하는 동시에, 자연과 삶의 이치 속에서 새롭고 놀라운 깨달음과 시인으로서의 질적 도약이 이루어져 사회적 혁명, 삶의 차원이 다른 변화, 시적 혁명이 동시에 연쇄적으로 일어나기를 충심으로 기원한다.

전상기 문학평론가

제4시집 시선집을 내면서

　독자들의 시적인 취향이나 삶의 체험이 각기 다르기 때문에, 좋아하는 동일한 시인의 시들 가운데서도 공감하고 소통하는 시가 따로 있을 수 있습니다. 따라서 친절한 배려에 입각하여 일정한 시론적 관점에서 갈래를 나누어 시선집을 내는 것은 한편으로는 친절한 출판에 해당되지 않을지도 모릅니다. 그러나 시인이 제1시집 "혁명가들에게 고함", 제2시집 "나의 기도문(진화와 혁명에 대한 성찰)", 제3시집 "고상한 혁명"에서 줄기차게 혁명을 시집 제목으로 읊조리고 있는데, 도대체 "시학이란 무엇인가", "혁명이란 무엇인가"라고 고민하는 독자들이 있다면, 이러한 독자들을 위해 공시적 통시적 통찰을 할 수 있는 기회가 부여되어야 한다고 생각했습니다. 따라서 절판된 시집을 찾을 수 없거나, 세 시집을 한꺼번에 접근하기 어려운 독자들을 위하여

위 고민을 해소할 수 있는 자리가 마련되어야 한다는 소명
의식으로 외람되지만 시선집(詩選集) 형태로 제4시집을 간
행하게 되었습니다.

  깊이 있는 시적 교양을 체득하는 치열한 삶을 영위하는 독
자들, 문예창작학과 학생, 시인의 삶을 추구하는 입문자, 시
애호가, 시 낭송인, 동료 시인, 시 비평가들에게 졸시들을 한
줄기 가닥을 잡아 통섭하는 오솔길을 걷게 되는데 미력이나
마 기여를 하게 된다면, 이 시선집이 나름의 의미가 있지 않
을까 생각합니다.

2015년 10월 황두승

목 차

●━━━●

제 1 부
시학이란 무엇인가

시론(詩論) · **12**

침묵 · **13**

절대고독 · **14**

독백 · **15**

시인의 눈길이 머무는 곳 · **16**

느티나무의 대화예찬 · **17**

슬픈 고백 · **18**

푸른 하늘을 그리워 하며 · **19**

시인과 그대 · **20**

그대에게 · **21**

기인(奇人)과 시인 사이 · **22**

시인을 위한 건배 · **24**

잃어버린 시를 찾아서 · **25**

잃어버린 그리움 · **26**

상사화 · **27**

겨울 속으로 · **28**

빈 의자 · **29**

어떤 미소 · **30**

가로등 · **31**

13월 · **32**

목 차

아름다운 바보들 · **33**

지천명(知天命) · **34**

순교자와 순례자 · **35**

들국화마저 지고 나면 · **36**

겨울산행 · **38**

신촌아리랑 · **40**

프리지아 · **42**

장마와 연시(戀詩) · **43**

빨간 먼지 · **44**

방황에 대하여 · **45**

아름다운 안녕 · **46**

성탄전야 · **47**

자연(自然)과 우연(偶然) 사이 · **48**

사랑 · **50**

엽록체의 사랑 · **51**

무화과(無花果) · **52**

은행나무 · **53**

사이와 사이의 사이 · **54**

아름다운 만남 · **55**

시정화의(詩情畵意) · **57**

첫눈이 내리던 날의 대화 · **58**

새벽비가 웁니다 · **59**

목 차

● ─────── ●

제 2 부
혁명이란 무엇인가

혁명가들에게 고(告)함 · **62**

나의 기도문 – 진화와 혁명에 대한 성찰 · **64**

고상한 혁명 · **65**

소나무 · **66**

숨은 벽 · **67**

백두산에 올라 · **68**

황산(黃山)의 추억 · **69**

평토제(平土祭) · **71**

소주 한잔의 길 · **72**

초여름의 우울 · **74**

수도사들에게 고(告)함 · **75**

진혼제 · **77**

상처 · **78**

이교도(異敎徒)와의 사랑 · **79**

눈물이 많은 남자 · **80**

볼 품 없는 전사의 세레나데 · **81**

신촌찬가 · **82**

봄비 · **84**

초여름의 묵상 · **85**

목 차

난초의 꿈 · **86**

인사동에 비 · **87**

미인송(美人松) · **88**

복령이생(復靈以生) · **89**

파견된 자의 꿈 · **90**

침묵과 소음 사이 · **91**

청계천을 바라보며 · **92**

캠 · **93**

가을이 또 옵니다 · **94**

보이지 않는 데생 · **95**

광화문 네거리에서 · **96**

테미스의 가리개 · **97**

겨울비 · **98**

기쁜 해후를 그리며 · **99**

예루살렘에서 산티아고까지 · **100**

기도하라, 그리고 노동하라 (ora et labora) · **102**

한라산에 올라 · **103**

입춘(立春)에 대하여 · **104**

관조의 문법 · **105**

변산바람꽃은 바람에 지지 않는다 · **106**

빛깔 고운 교향곡을 아시나요 · **107**

함소아꽃 향기에 혁명의 깃발이 나부낀다 · **108**

네의 부활을 위하여
정을 좋았던
이 덕그네도
아니 살아지더라
아니 살아지더라

- 「프리지아」 중에서 -

제 1 부

시학이란 무엇인가

시론(詩論)

그대의 삶은 몸으로 쓴 투쟁시이외다.
그대의 침묵은 사랑으로 숙성된 시이외다.
그대의 꿈은
지상에서 영원으로
절대고독을 녹여 쓴 시일거외다.
그대의 달콤한 소통은
시리고 아린 마음 부여안고
고통을 삭여 써
쓴 시이외다.
가장 아름다운 시(詩)는
언제나 새로운 미학을 빚어내는
그대의 삶 자체일거외다.
지금 여기에
순백한 영혼이 태워지고 있는 한

침묵

너는 가청주파수를 넘는 혁명의 외침,
처절한 사랑으로 미소짓는 자비의 꽃,
꽃이 피어 날 때,
곡식이 여물어 갈 때,
너는 관용의 햇살로 모습을 드러낸다.
새로운 시작을 위한 태극의 평론(評論)으로서
너의 향기는 씨앗을 남긴다.
허나 낙엽이 질 때에는 벙어리 냉가슴,
엷은 떨림의 몸짓에 아름다운 시를 읊조리더라도
감당하기 어려운 거친 바람소리가 있다.

절대고독

언제나 그리고 영원히
땀방울 한 방울, 눈물 한 방울
망각의 노동처럼
시지프스의 일상으로
단백질 결합체를 분해하는 아픔으로

그 고통의 각혈을
속절없이 조망하는
물 한 모금의 안식처럼
마지막 숨소리로
영혼을 부수고 거듭나는 백련

숙명을 반추하는
누렁소의 눈망울처럼
무중력의 달콤한 유혹마저
전율하고
당신을 그리워하는 각성제

독백

변한다는 것, 사랑의 눈물도 두렵지 않아.
꺾어진다는 것, 양심이 부러지는 아픔도 두렵지 않아.
잊혀진다는 것, 망각의 외로움도 두렵지 않아.
사라진다는 것, 어떠한 형태의 죽음도 두렵지 않아.
다만 생명이 있는 동안에 굳어진다는 것,
무의식적으로 자유롭지 않게 된다는 것,
없어지는 것보다 굳어진다는 것,
이것은 전율 자체를 마주보고 있는 것 같아.
생각이 굳어진다는 것은
푸른 하늘 아래 사나워진다는 것,
어찌 두렵지 않으려오.

시인의 눈길이 머무는 곳

시를 사랑한다는 건,
참혹 그 자체라도 아름답다고
시인의 눈길이 머무는 곳!

침잠된 고독으로 버무린 애수의 별빛,
생명의 신비가 안개 속에 가려있는 곳,
그리움의 실타래의 처음,
고통을 삭이기 위한 노래의 끝,
창밖을 해찰하며
알기 어렵다는 것과
알 수 없다는 것의 거리,
겨울 한 찰라에도 치열하게 거꾸로 자라나는
고드름의 투명한 피,
여름 하늘 끝에서 오물거리는
배롱나무 꽃의 열정 알갱이,
,
,
,
,
,
여러분이 상상하여
잇대어 나아가 보세요.

느티나무의 대화예찬

입으로, 눈빛으로,
미소로, 마음으로
말을 하는 것,
말을 많이 하는 것,
말을 하지 못하는 것,
말을 하지 않는 것,
귀촉도는 울음소리로
소나무는 푸른 빛깔로
바람은 몸부림으로
전하려고 하는 것,
말을 듣는 것,
말을 듣지 못하는 것,
말을 듣지 않는 것,
들어도 듣지 않는 것,
들어도 서로 달리 이해하는 것,
향기일수도 있고
상처일수도 있고
세상의 오묘한 대화이려니
당신의 미소를 담을 수 있기 위해
얼마만큼 비어 두어야 하나
해맑은 연초록 느티나무 잎새에
흙비가 내리다.

슬픈 고백

백송 아래에서
귀머거리 문동(文童)의 환청
비 온 뒤
퐁퐁, 징검다리 뛰어 넘는 놀이는 위험해
호밀밭속 문둥이 꺼억 꺼억
세상의 문을 열지 못해
자폐증을 앓고 있는 아이
눈물만 방울방울 허공에 걸리고
슬픈 고백이 귓전에 맴돈다.
비 온 뒤
호밀밭속 문둥이 꺼억 꺼억

푸른 하늘을 그리워 하며

하늘과 저 산이 맞닿은
사람의 자취에
고독의 핏방울이 떨구어질 때,
저 산 밑의 백합 꽃술에 황토빛 눈물이 흐른다.
희미하게 져가던 새벽별이 시가 된다.
시가 빗물에 젖는다.

저녁놀도 지고만 지금,
잿빛 슬픔의 조각들이
회색 구름 위에서 떠돌다
곤두박질하듯,
고통스런 어둠을 뚫고 장맛비만 쏟아진다.
푸른 하늘을 그리워하며!

시인과 그대

그대가 거울을 깨뜨린다.
시인은 녹슨 거울을 닦고 있다.

그대는 조각거울 본다.
시인이 웃고 있다.

그대는 조각 조각 상처받는다.
시인이 피를 토하고 있다.

그대는 가슴을 밟는다.
시인은 가을을 걷고 있다.

그대가 분노한다.
시인은 낙엽무덤에서 기다리고 있다.

그대는 진달래 향기를 기억한다.
시인이 절규한다. 바위로 된 미소로
그대는 무너진다. 나지막히… …

그대에게

무거운 어깨에
하얀 비둘기를 태우고자
허우적거리는 나그네여!
세월이 익어 갈수록
삶이 낯설게 다가올 때,

열정으로 동녘 하늘을 태워
새벽을 깨우는
오월의 태양을 보라

줄기차게 뜨거운 순정을 터뜨리며
한 낮의 열기를 관조하는
오월의 장미를 보라

잃어버린다는 것의 아픔도
잃어버린다는 것의 슬픔도
분자의 햇살처럼
분모의 바람처럼
본시 나누어질 수도 없어라
어이하랴! 사랑할 일만 남을진대!

기인(奇人)과 시인 사이

산수유 꽃망울 봉글어 오를 때,
슬픔을 느끼는 자,
그 가지 꺾어서
생채기 속, 끝내 봄을 보겠다 한다.

쑥내음 가득한 강둑에서
바람에 흔들리는 들국화 새 싹 하나,
이 찬란한 봄을 침묵한다고
뿌리채 뽑겠다고 한다.

여보게
칼바람이 뺨을 후려쳐도
풍류는 시가 아니라네.

어줍잖은 시부렁이 모르지만
혼절하는 슬픔을 잊으려 하는 듯
봄향기 듣기 위해 숨죽이는 나그네,

까치발을 들고 서서
힘줄 튀어 나오듯 목을 늘여 빼고
울타리 너머로
목련 꽃망울 바라보며
고고한 선비마냥
창기화(娼妓花)라 탓하지 않네.

그 나그네, 소리내 울고 있지 않지만
겨울바람의 울음소리를 용서하는
천진한 미소가 들리지 않는가
기어이 새 봄이 온 것도 모르면서…

터트리는 노란 눈물자국의 꽃이파리처럼
서리를 향기로 녹이는 들국화처럼
거기에 아픔이 있었네.
거기에 역사가 있었네.
한 오라기 그리움이라도
기다림의 하얀 뼈를 묻어두는
슬픔인 것을!

시인을 위한 건배

쓰여진 시는 거북스러워
쓰이지 않은 시를 간직한 채
죽어간 무명시인들의 영혼을 위해!
지화자!

시를 쓰지 않으려고 애쓰는 천재 시인들을 위해!
기억되지 않은 시들을 위해!
그래도 시를 쓰려 애쓰는 바보 시인들을 위해!
시리고 에이는 고독과 사랑의 시들을 위해!
아자! 아자!

넓이도 부피도 질량도 없는 영원의 나라!
거기서 튕겨나온
그 차집합의 기억되는 시들을 위해!
시인의 다스온 눈물 한잔 기울이는
평화의 땔감을 태우면서,
아니, 말없이 건배.....

잃어버린 시를 찾아서

해가 뜨면 낮이 오고
해가 지면 밤이 오는 걸

얼굴없는 간판들
핏기없는 마네킹과 더불고
마천루와 서류철
씁쓸한 커피 향내뿐

낯모르는 사람들
자동차 울음과 더불고
늘상 밟고 다니는 어휘들
허수아비처럼 말없다.

눈이 나리고
유채꽃 피고
더위가 가면
은행잎에 서리가 높는 걸

까맣게 잊었는가
음향도 없는 파도소리에

잃어버린 그리움

잃어버려서 나날이 새로운 아픔

흐느낌없는 눈물로
짭짤한 노을빛 스크린에
아련한 영상들이 촘촘히 새겨질 때

이것을 바라보며
저것을 생각하며
우수(憂愁)진 교차로에 서서
알 수 없는 그리움의 궤적을 밟는다.

잃어버려서 나날이 새로운 사랑

상사화

푸릇 푸릇한 육신이 먼지처럼 사그라져
세월의 두께를 이룰 때,
삼베 빛깔로 인연의 가닥을 놓지 않고
그대는 영혼의 꽃을 피우리라

청초한 수줍움 가득 담고
알몸으로 그리움을 사르면서
거듭남을 증거하고
아예 슬픔의 회로가 있을 수 없는
고고한 순환의 여로에 우뚝서리라

겨울 속으로

안국동에서 배어나오는 근심
벌거벗은 느티나무에
매달아 놓고
겨울 속으로,
그림 안으로 눈길을 돌려
은둔하여도
소실되지 아니한다.
새 한 마리도 날지 않는 정적!
눈 덮인 숲에는
살가운 인기척도 없다.
겨울 속으로,
창밖에서 서성거리는 삭풍!
그림 틀 밖으로 발길을 옮겨도
겨울 속으로,
마냥 겨울길을 따라 걷다가
아름다운 만남이 분명 있겠지!
저 산너머까지 이어져 있을,
눈 덮인 철로를 따라
소독되는 나의 우울!

빈 의자

멀쩡하게 있으메
고통을 견딜 수 없어
숨가쁘게 비에 젖는다.

비어 있는 기다림이 될지라도
언제나 그대와 함께 있으메
운명을 거역하지 않는다.

그대가 내 곁을 떠나도
덩그러니 풍경을 그린다.
천둥도 부드러운 그대의 맥박소리
이내 숨이 가빠온다.

난향이 코 끝에 스치운다.
사라지고 싶어도 사라질 수 없다.
언제나 그대와 함께 있으메

어떤 미소

엷은 무지개빛 꿈길로
대기압 제곱의 중량으로
저쪽 산넘어 황톳길로

그리운 이의 숨길로
무게중심 허공의 비구니 눈망울처럼
저 서녘동네 자갈길로

부르튼 발길로
접점없는 탄젠트 곡선따라
물집 따가운 시커먼 아스팔트 길로

오던 길로, 먼 길로
시간을 잃어버린 바람길로
정작 표정없는 미소로

가로등

꿈속의 마지막 벗, 석양을 등지고
풋잠을 설치고 깨어나
폭풍우가 몰아쳐도 눈감지 않고,
눈보라가 휘날려도 탓하지 않고,
몸에 배인 노동을 되씹는다.

떠들썩한 거리의 수많은 외침들,
돌이와 순네의 손가락 꼽던 얘기들,
숱한 소음도 생명의 소리로 들어
미우나 고우나 달갑게 여기고
주어진 고독 속에
파아란 양심을 토한다.

그래도 조금은 야속한 양,
끓어 오르는 태양을 짓눌려 품에 안고
슬픔이 서리도록 벌거숭이 된 채,
장승처럼 서있다.

13월

어제는 오늘의 슬픈 꿈의 노래였고,
내일은 오늘의 앳된 미소라네.

두 볼에 따스한 고뇌는
하이얀 나비들의 차거운 체온과 함께
꿈속의 13월에 묻히고,

가로등가에 벌떼처럼 그림자지는
저 하얀 나비들의 날개위에,
지게바작에 가득 채웠던
낱말들을 태우고,
감당할 수 없는 의미들을 날리고,
하얗게 꿈의 잿더미를 짓밟고 있네.

설익은 세월에 아롱졌던 눈사람들
13월에도 눈사람으로 남으려나,
이 13월이 지난 설날에
기억의 흔적을 깨물려나,
미소를 벙그려나.

어제는 오늘의 슬픈 꿈의 노래였고,
내일은 오늘의 앳된 미소라오.

아름다운 바보들

여든 여덟 번의 손이 가는
벼농사처럼
세상의 양식(糧食)을 찾아
쥐뿔도 모르면서
생명을 위해
자유를 위해
자책의 바다에서 허우적거리고,
자기기만이 없는가를 되뇌이면서
끊임없이 영육을 학대하고,
화해의 양식(良識)을 찾아 비틀거리면서
푸른 하늘 보고,
멍청히 평화롭다.
백송이 웃다.

지천명(知天命)

아마 그럴거야
슬픔에게 온화한 미소를 보내는 것,
무상(無常)에게 옥수수 알갱이처럼
씹을수록 맛을 나게 하는 것,
기다림에 익숙해지는 것,
그리워할 수 있다는 것에 대하여
늘 감사하는 것,
그리고 기도하는 것
방황이여 안녕!
아마 이럴거야

순교자와 순례자

봄 같지 않은 봄이
3월을 찡그린 얼굴로 보낼 때,
외로운 순례자,
방황의 발길이 무겁다.

천사의 나팔꽃이
꽃샘추위로 얼어버린 봄날에
진달래꽃은 온 몸으로
연분홍 미소를 띄운다.

순교자는 그리움으로 자비를 만들고
새봄을 개벽하는데,
흐느적거리는 순례자여,
어설프게 취한 흥취로 눈물 짓지 마라!

순례자여, 오로지 기도할 뿐이라고,
찬란한 슬픔을 외면하지 마라!
은총은 기대하는 것이 아니라
생명의 빛을 열리게 하는 것이러니,
이 찌뿌린 봄날에도
꽃들이 흐드러지게 피는 까닭이리라!

들국화마저 지고 나면

쪼그만 감국 꽃들이 떼거지를 이루어
죽을 뚱 살 뚱 골목길을 향기로 막고 있다.
아직 살아 있다는 뜻을 알리기 위해
몸부림치며 저항하듯……
순례길의 들국화마저 지고나면
겨울잠을 자고 싶다.
꿈속의 겨울 속으로……

생명의 터가
동토 속의 어둠이건
양수 속의 어둠이건
빛의 통로가 있기 마련일텐데……
기다림의 뿌리 속에 박혀 있는 모세혈관이건
그리움의 오아시스로 엮은 탯줄이건

눈물을 쏟아 낼 정도로
아무리 가을을 새겨낸 이파리들이
저 붉은 노을과 현란하게 어우릴지라도
겨울잠 속의 어둠은
또 다른 생명을 잉태할 것이다.
살아감은 순례의 길로,
살아냄은 순교의 길로……

갸날픈 한떨기 들국화마저 지고나면
두 손 모은 기도로 쓰러진 채로
겨울잠을 자고 싶다.
함박웃음으로 함박눈을 맞으며!
자유와 구원의 미로를 따라
꿈속의 겨울 속으로……

겨울산행

하염없이 오르기만 하다가도
육신은 제 몸마저 못이겨 흐느적거리더라도
땀냄새 가득 직각의 비탈에 서서도
안식은 있다.
그것은 귀소의 꿈이다.

푹신하게 쌓인 흰 눈으로 안장을 하고
겨울바람을 고삐삼아
오르락 내리락 능선을 타는 승마 산행
웃음이 절로 나니
괜히 볼을 에이는 동장군이 뻘쭘하다.

연약한 철쭉 가지에 만발한
얼음꽃 숲속 길 거닐며
바람과 구름과 함께
벌거벗은 자작나무 흰 속살
이름모를 겨울나무의 검은 뼈도
원초의 숨소리 함께 나누나니
풍운아여! 길을 잃어도 무슨 상관이랴!
사뿐 사뿐 걷는 봄처녀 치마깃에 이는
바람소리나 귀기울이려나.

저 멀리, 평화의 바다 건너오는 봄
이 모진 삭풍도 막지 못할 테니
하산하는 발걸음만 가벼운데,
치열함을 잊은 고목에는
얼음꽃도 피우지 않는구나.
저 건너, 구름바다에 언뜻 언뜻 보이는
고적한 섬 가운데
원래 짙푸른 소나무 더욱 돋쳐 푸르다.

신촌아리랑

새터의 골목마다 아리랑 아리랑
알만한 사람은 다 안다는
길모퉁이 주막에서
기생의 치마폭에 난초 꽃 그려 주던
세기말의 고독, 술잔 기울여
은둔의 꿈, 마셔버리던
나그네는 어데 간뇨!

환락의 초원, 풀섶마다 아리랑 아리랑
캠퍼스 잔디밭에선 도란도란
속깊은 우정이
석류의 속살처럼 익어가고
시대를 풍미하던 논객과 밤을 낚는 초동,
세월따라 주모들이 바뀌어도
그 맞잔술로 동이 트는 줄 모르더라

청운의 꿈을 찾아 아리랑 아리랑
우연히 마주친 정다운 눈인사
청요리집 아해더냐, 슈샤인 보이더냐
웬 생맥주집에
젊은 철학자들 그리 가득
호탕한 기상만큼 술잔이 마르지 않아
자유의 열정이 너무 뜨겁구나

저마다의 사랑을 찾아 아리랑 아리랑
마주 보는 시선 사이 함박눈이 내리면
새터 골목을 누비는 풍류마저
낯익은 음악의 선율따라 흐릿해지나니
멋진 머스마, 어여쁜 가시나이
순정은 애상에 젖어도
해방의 섬은 그대로 남노라.

프리지아

봄날도 무슨 대수롭겠냐마는
새 봄을 곱게 맞이할수록
근심은 깊게 패이나 보다

새 봄을 위해 너무 일찍 너를 맞이 했나
춘설의 시샘으로 너는 사그라지더이다.
가녀린 복수초(福壽草)도 어엿하게 꽃피었는데,
주머니 없는 수의를 오려내듯 애달프게도

새 봄을 위해 엊그제 너를 다시 맞이했더니
봄비 사나와 우박이 거친 바람 허리잡고
또 사그라들까 마음이 저려온다.
기어코 봄은 이미 네 곁에 있건만

프리지아!
너의 부활을 위해
정을 쏟았던 이 나그네도
사니 살아지더라
사니 살아지더라

장마와 연시(戀詩)

모과 차 한잔을 점심거리로 삼을 때,
귀천(歸天)을 본다.
장맛비가 쏟아진다.

빨간 먼지

얼어버린 땅 위에
탯줄을 끊어 생명을 품을 때에도
그 고통은 따스하다.
강추위가 그리움을 삼켜버릴 때에도
마지막 한 줄기 햇살마저
한 톨의 먼지로 돌아갈지라도
그 온기는 온전하다.
나그네처럼 머물다 갈 빨간 먼지라도
그 사랑이 연금술사의 집착이 아니라는 걸
저 별빛은 밝히고 있기 때문이다.
뜻 모를 숨막히는 고뇌로 버거워 할 때에도
어느 곳엔가, 이 삭막한 겨울밤에도
이름 모를 수도사들이 기도하고 있기 때문이다.
그대가 투덜대는 먼지의 가벼움도
황토로 빚어낸 영원한 안식이기 때문이다.
낯설기만 하였던 삶의 완성이기 때문이다.

방황에 대하여

책이란
사람이 엮어낸 아름다운 흔적이리라
꽃이란
자연이 가꾸어낸 아름다운 생명이리라
사람이란
당신께서 흙으로 빚어낸 아름다운 꽃이리라

흙에서 왔으니 흙으로 돌아가거늘
이 아름다운 세상에
책과 꽃 사이를 비집고 떨쳐 나와
어찌 또약볕을 쥐어 짜는가
석류꽃이 주렁주렁 바람에 매달리듯
그대는 어찌 그렇게 무던히도 방황하는가

밤꽃도 서릿발처럼 피우고
감자꽃도 허연 포말처럼 뿌려지는
하지의 태양 아래
한 손으로 책을 던지고, 다른 손으로 꽃을 던지며
온갖 서글픔을 뒤집어 쓴 채로
이 날숨으로 토해 내는 하루살이 나그네 길에
그대는 어찌 그렇게 무던히도 방황하는가

아름다운 안녕

무상(無常)이란
돌아감인가, 나아감인가
때론 사막의 모랫바람 속에서
때론 하얀 눈으로 뒤덮인 숲속 칼바람 속에서
때론 잡초들만 무성한 광야의 외침 속에서
그리고 테이크 아웃 커피잔에 쏟는 건조한 웃음 속에서
헤매고 헤매더라도
외면할 수 없는 너의 유일한 이데올로기?
아름다운 안녕!

성탄전야

별빛이 육화(肉化)되는 오늘 밤
거룩한 탄생을 품은 오늘 밤
마름이 없는 설렘의 옹달샘이 되고
기다림의 뿌리가 되네.
새하얀 밤, 졸음에 겨워도
유별나게 사나운 추위를 뚫고
고달픈 이들을 어루만지듯
기쁨의 눈가루가 되어
침실 밖 매화나무 가지에
소복소복 쌓이네.

자연(自然)과 우연(偶然) 사이

눈길을 끌었던 주황의 석류꽃이
흐드러지게 피더니 모두 졌다.
더러는 열매를 맺지 못하고,
더러는 빠알간 석류를 익히고 있을 것이다.
눈길을 끌지 않았던 노오란 감꽃이 성글게 피더니
모두 졌다.
더러는 땡감으로도 떨어질 것이고,
더러는 홍시로도 떨어질 것이며,
또한 곶감으로도 남을 것이다.
그러는 사이
사랑하는 사람의 기억상실도 있었고,
그리운 사람의 발작도 있었다.
석류나무도 감나무도 모두 태양을 찬미하는
"그대로" 있는데,
갑작스레 휘몰아치는 바람은 눈물 자국을 남긴다.
그대는 구름 위에 햇빛이 "그대로" 빛나고 있다는 걸
잊지 않지만,
사랑하는 사람도, 그리운 사람도
거듭되는 소나기에 휘청거린다.
갑작스런 소나기가 반듯한 마음 바닥에
울음이 될지는 모르지만,

먹구름을 걷히게 하고, 맑은 하늘을 내미는 걸
잊었음인가!
선망이 되기도 하고, 원망이 되기도 하는
그리움과 기다림 사이
그대는 어디에 서있는 것인가!

사랑

당신의 다스온 품 안에서 숨쉬는 자유!
당신의 넓은 가슴 속에 안기는 평화!

멀리서 기적소리 아련한데,
새벽 빗소리마저 머나 멀리 사위어 가는데,
번개처럼 각인되는 외마디 연가!
마지막 호흡으로 일구는 아름다운 기도!
무지개 다리로 이어진 영원의 기다림!

엽록체의 사랑

찬란한 고독의 봄날에
너무나도 갸날픈 싹을 틔운
저토록 여린 잎사귀의 꿈이 무엇이겠느냐
곧은 푸름이 짙어질수록
햇살을 두루두루 온 누리에 나누고자 말고,
그 무슨 뜻이 있겠느뇨!
뜻을 이루려는 자,
항상 엽록체의 사랑을 꿈꿀지어다.
어느 누구도 기대하지 못했던
볼 품 없는 꽃을 피울지라도
어떠한 초라한 열매를 맺을지라도
모두 엽록체의 사랑일지어다.
고루고루 햇살을 나누지 않는 한
그 꽃이 지 혼자 아무리 화려한들,
그 열매가 지 혼자 아무리 달콤한들,
당신의 뜻에 맞지 않는 한
서글플 한 순간의 메스꺼움 따름이어이다.

무화과(無花果)

나는 본디 없다.
나는 내가 누구인지 모른다.
당신은 문둥이의 몸뚱이를 꽃으로 피운다.
당신의 뜻에 따라,
나는 있다.
나는 나이다.
나는 나로서만 있는 것은 아니다.
나는 나로서만 나인 것은 아니다.
뿌리와 함께, 가지와 함께, 널따란 잎사귀와 함께
못생긴 나의 의미가 아지랑이처럼 타오른다.
누군가를 위한 나 '로서'
뜨거운 입맞춤마저 바람으로 기억될 때,
당신의 뜻에 따라,
나는 스스로 "있는" 사랑의 절편이다.

은행나무

줄기차게 꽃을 피어대는
백장미의 매력도 부럽지 않아
너는 항상
수도사처럼 사랑을 한다.

너는 너의 자리에서
나는 나의 자리에서
마주보기만 하면서도
아스라한 사랑을 한다.

매연을 뒤집어 써도
항상 푸른 얼굴,
갸름한 너의 눈길
내 손에 담을 때면
어느새 이별의 순간 알아채고
노오란 손수건 가득히 나부낀다.

운명에 순응하여
제 갈 길 뚜벅뚜벅 걷고 있는 행성처럼
계절의 행로에 너의 육신 맡기고
올해도 어김없이
알 수 없는 사랑의 묘약으로
방황하는 영혼들을 위해
전설의 씨올을 남기고 있다.

사이와 사이의 사이

첼로 연주자가 색소폰 연주자에게 말했다.
활을 쓰지 않고 왜 힘들게 입으로 불어대냐고
색소폰 연주자가 첼로 연주자에게 말했다.
숨결로 할 수 있는 걸 왜 힘들게 활로 켜냐고

야구선수가 축구선수에게 말했다.
왜 손을 쓰지 않고 발길질로 운동하냐고
축구선수가 야구선수에게 말했다.
왜 위험하게 방망이질로 운동하냐고

흐트러짐과 가지런함 사이,
다름과 같음 사이,
자유와 평등 사이,
자연스러움과 우스꽝스러움 사이에
당신의 뜻으로 이어진
사랑하는 사이가 있다.

느껴야 할 사랑을 논리로 말할 때
그 사이는 굴절되나니,
참혹한 논리도 녹여내는 것이
어긔야! 사랑이어라

아름다운 만남

너의 탄생은 나를 기다렸나
너를 위해 내가 세상에 나왔나
은행나무도 발가벗고 극렬하게 시위하나니
숙명은 너에게 가벼운 크리스마스 선물로
나를 주어버렸을지라도
너와 네가 걷고 있는 이 길은 아름다운 만남이었다.

하지만 나는 초롱초롱한 네 눈동자 안에서
두겹의 체온으로 달군 다스한 네 품안에서
허비적대며 안식을 찾아도
천명은 언제나 나에게 무거운 짐으로
너의 고독만을 알린다.

비바람과 눈보라가 너를 성숙시켜도
나는 원초적으로 우리의 행복을 기대하지 않았다.
나는 항상 너를 사랑하고 있기에
왠지 사나이의 침묵은
나그네의 허무처럼 달콤하고
외로움마저 향기로왔다.

긴 여로
네 곁에 동반자

늘푸른 백송도 너무 무기력하다.
모든 방랑자를 위하여
아름다운 만남의 한 복판에 서서
사랑으로 눈물 지우니
매서운 칼바람도 부드럽게 속삭인다.
너와의 만남은
운명만큼 아름다운 까닭이라고

시정화의(詩情畵意)

화가가 서설송운(瑞雪松韻)의 자연을 그렸다.
화가가 신과 자연 사이에 운명의 붓끝으로
또 하나의 풍경인 부부의 집을 그려 넣었다.
가야금과 비파가 백년 동안 조화롭기를 빌었다.
고봉산 마루에는 바위 틈에 뿌리 내려
바위를 껴안고 살아 내는 장송(長松)이 있었다.
백마 띠의 아내와 황소 띠의 지아비가 있었다.
그는 바위 같은 아내의 품 안에서 삶이 평화로웠고,
그녀는 바위를 감싸는 뿌리처럼
지아비의 가슴팍 안에서 영혼이 따뜻하였다.
바위를 껴안고 살아 내는 장송의 숨결처럼
레퀴엠의 운율이 눈꽃 속으로 스미고 있었다.
삶과 죽음 사이에는 사랑이 있었다.

첫눈이 내리던 날의 대화

새해가 시작된다는 대림절 첫주에
섣달 초하룻날에
첫눈이 내리던 날에
그는 모든 사랑을 모아 질문했다.
요즘 어떻게 지내니?
그를 닮은 아이는 모든 이성(理性)을 다하여 대답했다.
아직 살아 있어요.
그러자 그의 목소리가 하얗게 쌓이고 있었다.
살아 주어서 고맙다.
열심히 살아 주어서 고맙다.

새벽비가 웁니다

제우스의 정수리를 도끼로 내리치지 않으면
아테네 탄생이 없으리니.
그대의 고뇌가 가슴의 핏방울로 울게 하나니.
그래도 푸른 하늘 보고 평화를 외치노니.
허공의 방정식 속에 또 하나의 봄은 오고 있나니!

저벽은
네 영호의주소
태양이
사라져도
네가 꿈꾸지 않아도
항상 빛나고 있네

- 「혁명가들에게 고함」 중에서 -

제 2 부

혁명이란 무엇인가

혁명가들에게 고(告)함

육신의 세포는
너의 의지와 상관없이
호흡하고 있네.

그러나
너의 영혼은
네가 주인이라는 걸
어리벙벙 천문학자도 인정한다오.
금강석을 갈아부수는 고통으로
허공을 헤집는 방정식으로

저 별은 네 영혼의 주소
태양이 사라져도
네가 꿈꾸지 않아도
항상 빛나고 있네.
꿈속의 꿈처럼

혁명가들이여
네 영혼의 궤적을 기록하려는
욕망으로
방황하지 마라.
철학을 연구하는 방랑자보다
철학하는 소나무가 되어라.
절대 고독을 양식 삼아

언제나 사랑을 위해 고뇌하라.
네 영혼의 꿈을 위해 투쟁하라.
육신의 세포가
그리움을 상실할 때까지

나의 기도문 – 진화와 혁명에 대한 성찰

(My Prayer: Reflections on Evolution and Revolution)

모든 이에게 평화를 주소서
저를 당신의 도구로 써주소서
모든 것을 당신의 뜻대로 하소서

고상한 혁명

시리도록 푸른 하늘에
슬프도록 진한 단풍은
10월의 혁명을 새겨 넣노라!
그렇다고, 로렌스처럼 '제대로 된 혁명'을
유희로 하지 마라!

또 다른 계절의 끝을 향한 여정에서
고독의 심연에는
허우적 거림이 없어서 좋다!
산호초의 생명으로 가라앉거나
고상한 혁명을 떠올릴 수 있기에!

순명의 돛대 따라
그리움을 삿대 삼아
저 초승달이 먹구름을 미끄러내듯
나비의 날개짓에 태풍의 물결로 유영하듯
아예 해신에게 뱃길을 맡겨라!

뱃길 넘어, 땅끝 넘어, 은하수 길 넘어
또 다른 땅끝을 향한 나그네 길이라도
언제나 새벽의 기다림을 삭히고 삭히는
황야의 별빛은 건전한 혁명이어라!
정녕, 고상한 혁명이어라!

소나무

소나무 씨앗 하나가
솔방울 속의 안식을 넘어
혁명의 땅에 태어났다.
노송원(老松苑)에서 상추 뜯어
된장에 혁명의 꿈을 살라먹으며 여위어 갔다.
청송대(聽松臺)에서 북소리, 장구소리, 꽹가리 소리에
귀가 먹었다.
청송이 내뿜는 산소에도 불구하고
최루탄 가스는 시간을 삼켜 버렸다.
바닷바람 짓이기며 그 꿈은
해송의 관념 속으로 사라졌다.
그 꿈은 푸른 솔잎,
노송은 여전히 머리 위에 이고 있었다.
그리고 꿈의 하얀 줄기만 커져가는 백송이 되었다.
혁명은 콩크리트 감옥의 침묵,
백송 곁을 배회하는 수도사의 기도
새벽녘 괘종시계의 붕알만이
투쟁의 시간을 되풀이하여 포고하였다.
세월은 또 하나의 솔방울로 영글어
혁명의 땅에 묻혔다.
세월이 혁명이었다.

숨은 벽

사기막 골로 접어 들어
멀리서 보면 갈 길은 없다.
다가갈수록 넘어야 할 길로 열린다.
3월의 겨울,
잔설의 위협은 곳곳에 남아 있었다.
노 수녀님 일행은 이 능선을
활짝 웃으며 넘고 있었다.
고즈넉한 평화도 잠시
시달린 발길을 채근하고
용혈봉에 누워서
푸른 하늘을 우러러 보노라니,
직업이 혁명가라던
용정리 대한독립군의 외침이
아직 숨죽이고 있는 봄바람 따라
삼각산에 메아리치고 있었다.
오늘은 삼일절이었다.

백두산에 올라

정축년에 백두산에 오르다.
그리고 아무 말도 할 수 없었었다.
기축년에 백두산에 다시 오르다.
이제야 사랑의 문법을 펼칠려니
철없이 내리는 빗속에 천지는 보이지 아니한다.
오늘이 후광의 국장 날이구나!
사선의 빗줄기 사이에도
여전히 만주 벌판에서
해바라기는 무더기로 피어 있었다.

황산(黃山)의 추억

낯선 괴암 기석의 틈바귀 마다
드러내는 생명의 빛깔,
늘 푸른 소나무, 저 홀로 절개를 세워
이슬로 그리움 삭이고, 구름을 이불 삼아
시정(詩情)을 재우면서,
절대 고독을 조각하고 있다.
지상의 손님은 베아트리체도 없이
억겁의 세월을 넘어, 눈길 가는 곳마다
찰라의 틈새마다 추억을 쌓고 있다.
뭇 나그네들이여,
암벽에 그 취한 뜻을 새겨 놓은들
무엇 하리!

후들거리는 만길 낭떠러지,
잔도(棧道)에 몸을 맡겨 놓으니
물소리 멀리 들리나 골 굽이 보이지 않고,
하늘빛 바다가 구름에 매달려 있노라.
오호라! 천해(天海)라, 서해 대협곡이라.
신묘한 봉우리의 허리마다 나들이 사람들 넘실대고,
서로 다른 차림새의 색깔들, 한 줄기 비늘이 되어
화룡(花龍)처럼 꿈틀거린다.
구름은 바람 타고,

노약자는 가마 타고, 어린애는 무등 타고,
천상의 계단에 남녀노소 오르락 내리락,
선계(仙界)의 사회주의를 이루었노라.

한바탕 소나기가 단숨에 내리 긋듯,
옥병(玉屛)에 실개천을 그려 놓고,
소름 돋는 가파름을 잊노라.
무거운 눈꺼풀 따라 꿈결에 아득하고,
가물거리듯 천도봉(天都峰)이 희미하게 바래도,
살아 있는 동안
황산에 올랐으면 그만이지,
부질없고 부질없나니
바람과 빛이 빚어 내는
그림의 뜻을 생각하여 무엇 하리!
연화봉(蓮花峰)에서 장기나 한 판 두었으면 하는
동행한 길벗의 우정만 영원하리라!

평토제(平土祭)

에헤나 달궁
가을의 심장이 팔딱이며 선혈로 물들이고,
산 자들의 혼백은 미칠 듯한 숨을 몰아쉰다.
에헤나 달궁
중력은 하관(下棺)에 더 이상 미치지 않고,
육친들의 곡소리가 푸른 하늘을 가른다.
에헤나 달궁
산역꾼들은 광중(壙中)을 마련하고,
추념의 꽃잎들이 흩뿌려진다.
에헤나 달궁
상두꾼들이 연춧대로 마중 흙들을 다지고,
천연덕스럽게 새끼줄에 노잣돈들이 걸린다.
에헤나 달궁
선소리꾼 북잡이의 타령은 흙의 평등을 읊고,
무지렁이 달구질 몸짓은 구슬프게 절묘하다.
에헤나 달궁
허둥대는 낙엽들 두 뺨을 타고 날리고,
바람소리가 풍경에 흘러내려 허공을 메운다.
에헤나 달궁

소주 한잔의 길

눈이 내리고 있네!
가지 않은 길이건
지금 걷고 있는 길이건
누군가는 걸어가는 길인 것을!

낯선 길을 홀로 걷는다고 하여도
안개 속을 헤집으며
없던 길을 걷더라도
세상의 짐을 혼자 짊어질 수는 없다네!

길 가에 서서

거짓말 나무가
끝없는 가지치기로 웃자라
바벨탑 보다 높게 푸른 하늘을 할퀴더라도
결코 저 대지 위에 무지개를 그려 낼 수 없다네!

길 위에 서서

바람의 정거장에는 말 자체가 없다네!
사람들이 스쳐 지나가는 슬픔의 흔적들!
온 몸으로 울어도
흙먼지로 남겨질 뿐!

길 끝에 서서

누구나 마지막 한 잔을 비우지 못하듯
마지막 한 걸음 내딛지 못하는 것을!
새로운 길은 수평선 너머에도 있다네!
그 누군가가 또 걷게 되는 영원의 길일세!

초여름의 우울

버드나무 연초록 새잎이 돋아도
봄이 오는 줄 몰라.
하얀 목련 꽃잎이 바람에 날려도
봄이 가는 줄 몰라.
이 세상의 꿈을 접어버린
소녀가장의 마지막 기록만이
봄을 보내는 걸 알아.
등나무 꽃은 그녀의 보랏빛 눈물
주렁주렁 눈물의 꿈이 응결된 고드름처럼
저 하늘에 매달리고
패랭이 꽃은 땅바닥에 납작히
푸른 하늘로 진홍빛 조의를 표한다.
너는 덩치만 큰 호박벌처럼
그녀가 보내버린 봄에 매달리고
슬픔의 껍데기만 핥으며
일상의 합리적인 허울을 쓴다.
아예 봄을 잊는다.

수도사들에게 고(告)함

그대는 믿습니다.
신을 사랑하고 이웃을 사랑하고자
그대는 수행(修行)에 나섭니다.
사랑이 주시는 겸손을 맞고자
그대는 고행(苦行)을 달게 행합니다.
사랑이 주시는 평화를 얻고자
그대는 침묵으로 말합니다.
사랑이 주시는 기쁨을 널리 알리고자
그대는 사랑의 뜻으로 순명합니다.
사랑이 주시는 믿음으로 행복하고자
그대는 기도합니다.
사랑이 주시는 부활과 영원한 생명을 소망하고자

사랑은 악을 막을 수 있고 막기를 원한다는데,
지극한 고뇌의 본보기로 보여주신
사랑이신 성자의 죽음과 부활로도
우리 더불어 사는 세상에
악이 그치지 않고 있는데,
그대의 신앙이
그대의 수행이
그대의 고행이
그대의 침묵이

그대의 순명이
그대의 기도가
헤아릴 수 없는 뭇 혁명가들의 눈물을
닦아 줄 수 있나요
그대의 시야에서 멀리 있는 것처럼
다른 이들의 아픔과 슬픔과 분노를
어찌 외면할 수 있나요
어찌 잊을 수 있나요
정법(正法)의 역사는
그대가 그냥 꿈꾸어 보는 것이나요
온갖 오만과 편견으로 조롱하는 악에 대하여
수행의 침묵을 벗어나 외침을,
고행의 중립이 아니라 양심의 선언을,
고통 받는 이들이 절규의 눈물로 말하고 있지 않나요

어둠이 별빛을 가릴 수는 없다는 걸,
달빛은 햇빛에 비하면 아무것도 아니라는 걸,
지극한 순명이란 곧 우리의 어깨를 서로 거는 것이라는 걸,
사랑으로 너무나 잘 터득한 수도사여!
그대의 푸른 양들과 함께
믿음의 지팡이를 딛고 일어설 수는 없나요

진혼제

슬퍼하지 마라!
이 땅의 억울한 원혼들에 대해
어떻게 슬퍼할거냐
눈물을 흘리지 마라!
이 땅에 살아있는 이의 업보를
어떻게 감당할거냐
금강석이 잿가루 되도록
네 자신을 혁명하라!
그래도 슬퍼하거늘
진혼의 향을 피워 올려라
세월도 슬퍼하거늘
진혼곡을 침묵으로 불러라
그래도 진정 슬퍼하거늘
슬픔을 느낄 수 있는
모든 영혼의 여력을 떨쳐
이 땅의 산천초목에게 선포하라!
저 하늘의 일월성신에게 선포하라!
"세상의 평화를 주소서"
혁명의 기도를 올려라!
혁명은 위령의 축제이어라!
혁명은 또 다른 순교의 축제이어라!

상처

그 해 겨울은 유난히 추웠었네.
인동의 봄동이 주는 아삭아삭한 신선함으로
인고의 상처를 꿰멘 실밥을 뽑아 낼 때,
싱그런 봄비에, 건강한 봄볕에
시리고 에인 상처를 잊었네.

그 해 겨울은 유난히 추웠었네.
애벌레의 꿈이 슬픈 상흔이 되도록
살을 녹여 은둔의 실을 뽑아 낼 때
그 비상의 의지가 차곡차곡 고치에 묻혀 있어도
겨울의 껍질을 박차고 나올 용기가 부족했네.

새로운 개벽의 봄날에
이름없는 꽃들에게도
의미있는 꽃말들이 깃발되어
향기로운 체취로
무지개 다리 놓여지노니
상처받은 사람들과 더 상처받은 사람들 모두에게
축복의 대화를 나눌 사랑의 천사,
나비의 비상은 살가운 혁명이어라

이교도(異教徒)와의 사랑

이교도와 뜨거운 사랑을!
일상의 호흡으로
말없이 바라보기만 한다.
호흡과 결합의 존중 사이
너는 요런 자비로운 자유만 허락받았다.
말없이 바라보는 눈길에
우수가 넘쳐흘러도
아름다운 순교를 마주보면
혁명은 없노라.
은은한 저녁종 소리에
엷은 미소를 띄운다.
순교의 빠알간 피가 아니라
너무 진하디 진한 하얀 고독으로
감사의 기도 올린다.
이교도와 뜨거운 사랑을!
느끼지 못하는 중력만큼,
그 사랑이 사치가 아니라며,
오늘도 용서하는 사랑이길!
고마운 마음 듬뿍,
숨을 거칠게 내쉰다.

눈물이 많은 남자

아주 울지 않는 남자가 있었다.
아무리 슬픈 일도,
어떠한 고뇌도,
그를 울게 할 수는 없었다.
약간의 비굴함으로 누릴 수 있는
쾌락에 기대어 있었다.
일상이 그렇게도 단련시켜
울 겨를이 없었다.

너무 쉽게 우는 남자가 있었다.
슬픈 드라마를 보면서도 울고,
감동적인 사연에 접해서도 울고,
눈물이 많아서 그는 항상 건강했다.
평화는 언제나 눈물을 요구했다.
세상을 보듬기 위해
투쟁할 때
외로운 전사로서는 결코 울지 않았다.

볼 품 없는 전사의 세레나데

지워진 추억처럼
돌아갈 곳도 없고
전화할 곳도 없고

알 수 없는 너의 분노도
황당한 너의 표정도
무더기로 진 샛노란 은행잎에
쌓이는 빗물로
남모를 의미로 남으리
의미없는 너의 침묵만 역사로 남으리
가로등 불빛 아래
저 별빛의 중력을 견디지 못하는
무거운 발길로 남으리
지친 몸뚱이 이끄는
새파란 혼백으로 남으리

한 겨울 함박눈에 쌓이면
그 뿐이랴!

사랑하는 그대 품도 그리울거야
초롱초롱 반짝이던 눈빛들도 그리울거야!

신촌찬가

그 곳은 보이지 않는 무지개가 받쳐 있나니
헤아릴 수 없는 유혹!
여기서 생맥주 한 잔을 부어키지 않고
낭만을 노래하지 마라.
호수같이 청정한 학우의 눈망울에서
슬픔을 토하지 않고
사랑을 속삭이지 마라.
매캐하게 퍼져있던 세월 너머에
그 함성 소리, 실핏줄 타고
뜨거운 심장의 박동으로 솟구칠 때
여기서 소주 한 잔을 들이키지 않고
인생을 논하지 마라.

윤동주의 고뇌를 넘어
기형도의 우울을 넘어
오늘도 백양로를 포효하는
어느 무명시인의 방황을 넘어
이 곳은 항상 선구자의 외침으로
새로운 철학이 발원하는 동방의 새터,
한글탑에 서리어 있는
평화의 세상을 넓히거늘
저항하는 젊은 꿈을 타고, 그대 비상하라.

그대가 참혹하게 고독할 때에도
저 별은 그대의 어깨위에 빛나고 있나니
축제는 이제 부끄럼 속에 있지 않노라
그대, 해맑은 젊음으로 술잔을 부딪치며
아카라카 외쳐보라
그 외침이 무거운 십자가 되어
여기서 억센 팔뚝으로 지탱한 밤,
연륜으로 풍화될지라도
아침햇살이 교회당을 비껴 지나칠지라도
새터의 공기는 언제나 자유를 만드니라

봄비

싱그런 연초록 봄비가 내린다.
말 못하는 앵무새의 눈물도
피를 토하는 귀촉도의 통한도
가냘픈 깃털 위에 적시는 씻김 굿처럼
생명의 신비가 흘러 내린다.
말없는 강물 따라 흐른다.

간 밤에 혹독한 신열로
히포크라테스의 선서가 깨어져도
테미스의 저울이 기울어도
터무니 없음의 비가(悲歌)를 탄핵하듯
거듭남의 신비가 흘러 내린다.
미소의 햇살처럼 봄비가 내린다.

아버지의 기일(忌日)에
두 손 모은 기도의 전율처럼
꿈길에도 새싹을 돋우는
수수꽃다래의 향기를 싣고
신앙의 신비가 흘러 내린다.
싱그런 연초록 봄비가 내린다.

초여름의 묵상

아직 떨떠름한 듯 시큼한
햇살구가 장터에 나올 무렵,
투쟁! 투쟁! 영원한 투쟁!
붉은 장미는 목청껏 외치듯,
그 열정을 다시 온 여름과 함께 나누며
담벼락에 기대어 줄기차게 피어나고 있었다.

메마른 장마로 얼굴을 씻은
푸른 하늘 아래,
우거진 포도나무 넝쿨을
가지치기하는 어느 수도사,
사랑! 사랑! 영원한 사랑!
언제나 그렇듯 기도하고 있었다.
평화의 상록수를 물끄러미 바라보지만
혹한을 견뎌낸 노송(老松)도 가뭄은 멀리 하나 보다.

난초의 꿈

생의 예찬과 사의 찬미,
그냥 웃어 넘기고
기도와 투쟁 사이
순교와 혁명 사이
점점 좁아드는 폭을 바라보며
가녀린 잎새 위에
그 만의 사랑을 누인다.

앉아 있는 화분의 적막을 넘어
수평선 저 너머에 시간의 길을 내고파
모진 생명의 뿌리에만 기대어 서서
더 이상 할애될 수 없는 꿈을
우두커니 바라보며
순명의 눈물방울 하나로
그 만의 향기를 피운다.

인사동에 비

인사동에 비가 사선(死線)으로 내린다.
아직도 살아 있다는 게 부끄럽다는 듯
지붕 위에 비둘기들이 옹기종기 모여 앉아
비를 맞고 있다.
아직 살아 있다는
즐거운 사람들을 바라보고 있나
누군가 비둘기들이 처연하다고 바라보고 있나
빗줄기만 사선을 긋고 있다.
귀천(歸天)의 모과 차 한 잔이 그립다.

미인송(美人松)

만주 벌판을 흔드는 말발굽 소리에
다져진 몸매로
두 갈래 강물의 거친 포말을 내려다 본다.
북방의 살을 에는 추위도
네 얼굴에 주름살 남기지 못한다.

푸른 하늘을 우러러 보며
세상의 평화를 꿈꾸는 격조 높은 네 자태에
동양평화를 짊어진 장부가의 의기가 투합하니
곱디 고운 너는 홀로라도 결코 외롭지 않다.

굳이 기개 높은 역사를 말하지 않으면서도
너는 백년 후 남녘 땅의 사람들을
은은한 미소로 품에 안고 서 있나니
이승의 미련 한 가닥 남게 된다면
내 무덤가에서 너를 반기고 싶다.

복령이생(復靈以生)

너무나도 태연한 가을 햇살 아래
슬픔이 분노가 되지 않도록 기도한다.
아직 살아 있다는
더 큰 상처를 보듬으며!

독도, 깊은 바다에 침전되어 있는
이름 모를 산호의 뼈가루가
진주를 영혼으로 길러내 듯,

울림이 마땅히 운율이 되고
외침이 마땅히 법도가 되기를!
세상의 모든 수도사들을 위하여
연가를 읊는다.

파견된 자의 꿈

묻지 마라
"우리는 어디에서 왔으며,
우리는 무엇이며,
우리는 어디로 가는가" 라고

찾으라
오늘의 숨결도 의미가 있다면
별똥별이 온 열정을 태우며
지상으로 처절한 탈출을 꿈꾸는 것을

펼쳐라
꿈의 나래를
견고하게 단련된 권태를 넘어
고상한 혁명을 위하여

확인하라
파견된 자의 사명을
기쁜 소식의 씨앗을 뿌리는 수도사의 행복을
영원으로 화려한 외출을 위하여

침묵과 소음 사이

움직이는 모든 것은 소리가 있다.
움직이지 않는 모든 것은 향기가 있다.

세상의 모든 춤과 음악은 침묵과 소음 사이에 있나니
기러기가 하늘에 춤사위로 뜻을 새길 때
들국화는 대지에 향기로 꿈을 그린다.

세상의 모든 호흡은 침묵과 소음 사이를 넘나드나니
그대의 뜻도 소리를 타야 하고
그대의 꿈도 향기에 실려야 하지만
향기도 소리도 바람이어라!
순명의 기도는 고상한 혁명의 씨앗이어라!

청계천을 바라보며

청계천에서 오늘을 해독하는 이는 역사가이어라
이곳에서 구경거리를 찾는 이는 일상의 노동자이리라
청계천에서 산책을 즐기는 이는 철인(哲人)이어라
여기에서 진실을 캐어 내는 이는 혁명가이리라

무성영화의 잔상처럼
내 가슴에 함박눈이 내린다.

캠

산들 바람은 정선 아리랑을 읊어 대네요.
갱 속에서 탄을 캐던 영혼들은
외진 산골짜기에 함박꽃으로 피고
강가 돌무더기 사이 소시랑개비로 피네요.
구상나무에 얼키설키 매달린 혁명의 껍질에
비원(悲願)의 세월을 얼싸 안고 있네요.
정암사(淨岩寺) 보리수 아래 탄가루 씻어내며
수마노탑 올려 보고 미소를 머금네요.
무심코 지나쳐 들었던 물소리의 울음은
영원으로의 여행을 속삭이고 있네요.
광원(鑛員)의 탄차(炭車)는 영원 속에 머물고
우리가 탄 열차는 묻힌 역사를 캐며
영원으로의 예행 여행을 외치네요.
밤을 지새우는 나그네들,
탄가루를 뒤집어쓴 광부처럼
노곤한 육신을 산비탈에 누이고
곰자리 바라보며 별밭에서 꿈을 캐네요.
어둠을 캐내면서 세 평의 땅도 자랑 말라고
양원역(兩元驛)은 하얗게 서 있네요.

가을이 또 옵니다

고치 속의 번데기가 나비 되어 자유를 얻은 혁명,
씨앗 속의 역사(歷史)가 껍데기를 썩히고
생명을 얻은 혁명,
푸른 하늘을 가둔 암벽(暗壁)을 깨고
아프락사스가 해방을 얻은 혁명,
눈물겹고 애달팠던 수많은 삶의 흔적들을
추스르고 추스르다
가을이 또 옵니다.
하나의 뜻, 하나의 얼을 깨우치려
거듭나고 거듭나 겸허한 사랑을 깨우치려
서늘한 바람이 숨 쉴 틈도 없이
갑작스레 새벽을 깨우는 혁명,
독수리가 무디어진 부리를 가는 고통으로
추스르고 추스르다
가을이 또 옵니다.

보이지 않는 데생

조그만 숲 속의 정원처럼
모두 비단 같은 풍경인데,
덩치 큰 느티나무가
사나운 비바람에 허우적거리고 있다.
보이지 않는 함성이 허공을 가른다.

기교가 철학을 이길 수 없다네.
재주가 큰 덕을 이길 수 없다네.
곡예사들이여,
분노로 세상을 채우지 마라
슬픔으로 세상을 담지 마라

허무의 무리들아,
허세의 무기들을 버려라
철학자처럼 생각하고, 농부처럼 일하라
혁명의 눈물로
거듭난 역사의 씨앗을 적셔라

광화문 네거리에서

오늘도 걷는 함성의 광화문 네거리에
그대의 눈물이 안개 되어 내리고
두 동상의 눈빛이 여명에 머문다.
빛이 되어라
빛이 되어라
그대의 숨결은 바람이어라.
빛이 되어라
빛이 되어라
동 트는
새 아침의 햇살이 되어라
그대의 미소는 혁명 이상이어라.

테미스의 가리개

칼은 늘어뜨려져 있고
저울은 허공만 재고 있고
가리개만 우스꽝스럽다.

바람이
너의 입술을
퍽 퍽 퍽 때릴지라도

너는 언제나
침묵으로
소근거린다.

바람소리에
너의 미소만 가린다.

겨울비

그대여!(아느뇨)

지나감에 대한 저항의 눈물
기다림에 대한 정한의 눈물
잊혀짐에 대한 애수의 눈물

그리움 따라
빗물 따라
춘정(春情)을 잊는다.

그대여!!(외침)

기쁜 해후를 그리며

장맛비가 내리걸랑
누구나 다 떠나게 되어 있다고 전해주오
햇볕이 쨍쨍 나거들랑
먼 훗날의 기약을 잊지 말라고 전해주오

날진 못해도 얼룩말만큼 달릴 수 있다는
타조의 독백을 들으며
검게 탄 심장의 박동소리에 맞추어
스메타나의 '나의 조국'을 들으며,
내 사랑 그대여, 안녕!

예루살렘에서 산티아고까지

텔아비브 야파 바닷가,
지중해를 바라보며 순례의 여정을 다독이네.
영원한 생명의 도정(途程),
예루살렘 십자가 길 찾아 헤매는데,
하얀 접시꽃 피었네.
사해성경 찾는 길의 척박한 사막,
고통의 광야를 이루었네.
나사렛 언덕의 수태고지 성당,
한복 입은 성모 마리아님께 경배 드리니
성령 충만 미소 짓네.
갈릴리 호숫가 산마루 팔복성당,
석양을 응시하니 산상수훈 들리네.
이스탄불 공항에서 날밤 지새우고,
마드리드를 경유하네.
메시나와 벨라스케즈에게 경탄을 마지 않네.
"죽은 예수 부축이며 울먹이는 천사"
"십자가 위의 그리스도"
부활를 향한 가슴 찡한 정화(精華)를 그리고 있네.
리스본 항구에서 옛 정취를 뒤로 하고,
파티마 성지에서 드리는 묵주기도,
인류 구원의 푸근한 기운 감싸네.
별의 들판 한가운데

순례의 세월 감당한 산티아고 대성당,
야고보 성인께서 지친 영혼 품에 안네
땅끝 마을, 피스테라의 작은 경당 앞,
대서양의 찬 물결에 한 줄기의 눈물 떠나 보내며
"상처받은 모든 영혼에게 평화를 주소서"
온전한 치유의 순례를 기원하네.

기도하라, 그리고 노동하라
(ora et labora)

살풀이 하듯
죽음의 보따리를 허리춤에 둘러 메고
해질녘에는 고뇌의 울음 소리 토해 내더니
밤과 낮의 협곡 같은 변곡점에서는
살아 보겠다는 숨소리 내지르듯
이따금씩 되풀이하면서
어둠과 적막을 사르는 쓰르라미의 아우성!
새벽이 그냥 오는 것이 아니었다.
이제 매가리 없는 목청으로
메아리 없는 허공에 사그라지더라도
새벽녘 사람들의 바쁜 발걸음 소리가
네 숨소리를 덮을지라도
몸부림으로 전하려는 쓰르라미의 외침들!
이윽고 머뭇거리던 아침햇살이 내비칠 때
살랑살랑 하얀 배추나비 한 마리,
처서의 실바람에 몸을 맡기듯,
그 외침들을 살가운 침묵의 날개짓으로
은자(隱者)의 꿈을 전하는 말씀!
기도하라, 그리고 노동하라!

한라산에 올라

정축년에 백두산에 올라
배달민족의 생명수를 품은 천지를 둘러 봤네.
혁명의 두 갑자를 거친 갑오년,
늦은 봄날, 한라산에 올라
대한강토의 진정한 짝을 찾았네.

반만년 역사를 수호해 온
혁명가들의 기상을 외경하듯,
천년주목도 납작하게 엎드려 맞고 있는데,
커다란 바위 아래, 이름 모를 야생화여!
어느 엷은 분홍빛 영령을 담아 피어 오르나

저 멀리 태평양을 굽어 보며
충무공의 백의종군을 헤아려 보노라.
흰 사슴 정답게 노닐었다던 무릉도원,
어느새 백록담에 눈물 고였네.

고행의 수도사들이여, 은둔의 혁명가들이여
그대들의 맑은 영혼,
작열하는 태양에 벌겋게 그슬릴수록
푸른 하늘에 더욱 반짝이는데,
세상에 부러울 게 뭐가 있겠소!
세상에 두려울 게 뭐가 있겠소!

입춘(立春)에 대하여

지난 가을 당신께서 손수 디자인한
형형색색의 편지지는 아름다운 침묵이었으리라
그 행간의 여백은 허공의 무게를 감당하고
사라지는 모든 것은 또 다른 쉼일 뿐이어라
함박눈에 깃든 눈물 알갱이들은
마침내 새봄의 아지랑이로 피어오르리라
그 겨울의 울먹임은 만가(挽歌)되어
세모같은 새싹을 돋우리라
세모의 뾰족함으로 슬픔을 다듬다 보면
푸르러 푸르러 네모가 될테고,
모든 상흔은 봄바람으로 산화되리라
그 네모가 그리움을 달래다 보면
향기로운 동그라미가 되는 간절함으로
추슬러 추슬러 한떨기 꽃을 피우리라
이제 모과나무에 움트는
새로운 합창곡의 장중한 색깔처럼
새봄은 거듭남의 왕국을 건립하는 것이리라
더 이상 애달플 수도 없는 상서로운 혁명이어라

관조의 문법

누군가 그리워하고 있다는 건
아직 숨을 쉬고 있다는 것

무언가 취해 있다는 건
숨은 멈추게 된다는 걸 잊고 있다는 것

그래도 웃을 수 있다는 건
들숨과 날숨을 초월할 수 있다는 것

무언가 침묵의 기도를 올린다는 건
초인(超人)의 숨결이 바람으로 산화되는 것!

변산바람꽃은 바람에 지지 않는다

이룰 수 없는 사랑도 이루게 한다는
채석강의 전설을 시샘하듯,
거친 바닷바람이 두 손 꼭 잡은 연인들,
웅크리고 수그린 자세로 거닐게 한다.
풍설을 뚫고 동장군을 물리친 변산바람꽃,
여리고 여린 하얀 미소로,
아침 햇살을 껴안고 그들을 맞고 있다.
직소폭포 등지고 내소사에 이르는 오솔길에,
노간주 나무들 암벽에 직각으로 선 채,
그 사나운 바닷바람과 대적하고 있다.
으르렁거리는 파도소리를 타고
거목의 청송도 쓰러뜨리는 질풍에도
변산 바람꽃은 지지 않는다.
낮고 낮은 자태로,
일월 더불어 품은 뜻을 저버릴 수 없는 까닭이리라!
기다림을 순명으로 핼쑥한 모습으로
붉은 석양 따라 사그라질 뿐이리라!
그리움이 별빛 될 때까지, 둥그런 꽃술을 내민 채,
온 몸으로 꿀 향기를 뿜으며 진다.
나그네의 눈길이 조막만한 네 얼굴에 머물 때,
고상한 혁명을 꿈꾸며 진다.
변산바람꽃은 바람에 지지 않는다.
내 어찌 너를 사랑하지 않으리!

빛깔 고운 교향곡을 아시나요

낙엽 흙을 뚫고 새싹이 돋는 소리 들은 적 있나요
나뭇 가지에 새눈이 움트는 소리 들은 적 있나요
무슨 꽃이던 꽃 피는 소리 들은 적 있나요
어떤 꽃이던 꽃 지는 소리 들은 적 있나요
싹을 틔우는 소리 엊그제 들은 것 같은데,
영봉(靈峰) 산행 중에도
꽃을 피우지도 못하고
이름 모를 어린 꽃들이 지고 있습니다.
지는 작은 꽃잎에 이슬 닿는 소리 들은 적 있나요
가슴 속의 핏방울로 우는 그 눈물 떨어지는 소리
들은 적 있나요
지상의 모든 불협화음으로 '봄의 제전' 이루는
진혼곡을 아시나요
부활의 계절에 울리는
빛깔 고운 혁명교향곡입니다.

함소아꽃 향기에
혁명의 깃발이 나부낀다

은둔의 갑옷으로 이루어진 함소아 꽃봉오리여!
겨우내 달구었던 순교의 피는
초록 촛불로 심지가 타고
혁명의 공기를 품고 있다.
하얀 꽃잎 떨굴 때마다
생명의 불빛은 시간의 중력에 수장되는데,
그 영령은 네 향기를 타고 하늘로 오르는데,
화가는 텅 빈 캔버스를 응시하며
봄비 내리는 창가에 앉아
기록되지 않은 혁명을 그리고 있다.
붓자루를 손에서 떨굴 때마다
몸뚱이를 태우는 뜨거운 눈물 흘러내리는데,
감당할 수 없는 하얀 향기의 요새에 깃발이 나부낀다.
혁명의 산소를 피어 내는 함소아 꽃이여!

시와 혁명, 그리고 시학

이규배 시인

1

황두승 시인의 「혁명시학」은 제1시집 「혁명가들에게 고함」 (2005), 제2시집 「나의 기도문 – 진화와 혁명에 대한 성찰」 (2010)에 이어서, 제3시집 「고상한 혁명」(2015)에서 총 83편의 시를 뽑아 2부로 편집한 자선(自選) 시집이다. 1부는 '시학이란 무엇인가'(42편), 2부는 '혁명이란 무엇인가'(41편)라는 제호가 붙었다. 제1시집에서부터 제3시집에 이르기까지 혁명이라는 언표를 제목에 내세웠고, 이러한 언표는 시선집의 제목에도 빠짐없이 등장하였다. 이는 전문 편집자의 손길을 거친 것이 아니라, 시인 스스로 선택하여 편집을 한 것이다. 십중팔구 시인의 의도는 시와 혁명의 언표는 다르나 그 심연의 동기와 방식은 동궤에 있다는 것을 시적으로 강조하고자 하는 데 있을 것이다. 먼저 황두승 시인이 시로 쓴 '시론'을 읽어 보기로 한다.

> 그대의 삶은 몸으로 쓴 투쟁시이외다.
> 그대의 침묵은 사랑으로 숙성된 시이외다.
> 그대의 꿈은
> 지상에서 영원으로
> 절대고독을 녹여 쓴 시일 거외다.
> 그대의 달콤한 소통은

시리고 아린 마음 부여안고
고통을 삭여 써
쓴 시이외다.
가장 아름다운 詩는
언제나 새로운 미학을 빚어내는
그대의 삶 자체일거외다.
지금 여기에
순백한 영혼이 태워지고 있는 한

－「시론」 전문

'몸, 침묵, 사랑, 절대고독, 고통, 새로운 미학, 삶 자체, 순백한
영혼' 등의 시어는 이 시의 골력(骨力)의 근간이자, 시혼(詩魂)의
핵(核)이며 육골(肉骨)이다. 시는 시인의 삶과 몸과 분리되는 기
술의 소산이 아니라는 것이다. 그런데 20세기 초반 시와 시인의
분리 이론은 작가와 작품의 괴리 현상을 정당화하는 방향으로 이
어졌다. 다시 말해서 작품 자체의 성과를 평가하자는 애당초의 이
론이 미국을 중심으로 하는 신비평 이론으로 전화 · 심화되면서,
작품만 우수하다면 작가의 삶은 이와 상관없다는 식의 비평이 대
세를 이루게 되고, 작가는 작품으로부터 추방되고, 작품에 대한
작가의 윤리적 일탈 행동에 '자유'를 주게 되었다. 이는 정치, 경
제, 사회 전 분야에 주장하는 바가 우수하다면, 그 주체의 삶은
상관없다는 식의 문화적 분위기를 상식화하게 되고, 주체와 말의
괴리로 인한 세계의 윤리적 일탈과 혼란을 심화시켜 왔다. 이에

대해서 20세기 후반부 현상학적 해석학자이자 문학이론가인 E. D. Hirsch의 적확하고도 정밀한 비평이 있었고, 작가와 작품을 분리해서 생각하자는 문학이론은 잦아들게 되었다.

황두승 시인이 "그대의 달콤한 소통은 / 시리고 아린 마음 부여안고 / 고통을 삭여 써 / 쓴 시이외다. / 가장 아름다운 詩는 / 언제나 새로운 미학을 빚어내는 / 그대의 삶 자체일거외다."라고 말하는 것은 결코 '낡은 낭만주의 시 이론'에 의한 결과라고 생각해서는 안 될 것이다. 삶과 작품에 대한 주체의 윤리, 그리고 그 윤리의 근원인 형이상학적 정신의 심연을 다시 환기하고자 하는, 지극히 정당한, 그래서 마땅히 복원해야 할 시론에 대하여 강조하고 있는 것으로 이해해야 할 것이다. 나는, 황두승 시인이 즉 헌법학과 한시미학, 그리고 동양고전에 훈련된 학자로서 오늘날 우리 사회의 아름다운 질서와 삶을 위해서 회복해야 할 가치, 그것은 '시는 곧 그 사람이다(詩如其人)', 다시 말해 '말은 곧 그 사람의 삶이다', 라는 불멸의 인문 가치를 말하고 있는 것으로 이해한다.

그러나 시는 본래 말하지 않고 있는 행간, 그 침묵의 여백이 말을 하는 양식이다. 그러므로 시인은 말하기보다 침묵할 때 말을 하는 역설적 존재이다. 고래로 영웅과 미인은 침묵함이 미덕이었다. 미인은 잘 울고 잘 웃지만 소리를 내지 않았고, 영웅은 말이 없이 혼자 운다. 혁명가도 그런 것이고, 혁명의 심연 또한 그런 것이다. 황두승 시인은 '침묵'에 대하여, "너는 가청주파수를 넘는 혁명의 외침"(「침묵」 부분)이라고 하였다. 그리고, "꽃이 피어날 때, / 곡식이 여물어 갈 때, / 너는 관용의 햇살로 모습을 드러낸다. / 새로운 시작을 위한 태극의 평론으로서 / 너의 향기는 씨앗을 남긴다. / 허나 낙엽이 질 때에는 벙어리 냉가슴, / 엷은 떨림의 몸짓에 아름다운 시를 읊조리더라도 / 감당하기 어려운 바람소리가 있다."라고 하였다. 이 역설적인 시 「침묵」은 황두승 시인의 또 하나의 시론이자, 그가 생각하는 혁명 이론이기도 하다.

2

1부에 수록된 「슬픈 고백」은 황두승 시인이 헌법학을 공부하여 대한민국의 유수한 헌법학자의 위치에 올랐으나, 왜 다시 시를 써서 시인이 될 수밖에 없었나 하는 존재론적 체험을 암시하고 있다. 시인은 '문동(文童)'과 '문둥이'의 형태적 유사성에 주목하여, 호밀밭 속에서 울고 있는 문둥이의 울음소리를 듣고 있는 문동(文童, 문인으로서의 삶에 뜻을 둔 어린이)의 고백에 대해 말을 한다. 이 시의 전문을 보자.

백송 아래에서
귀머거리 문동(文童)의 환청
비 온 뒤
퐁퐁, 징검다리 뛰어넘는 놀이는 위험해
호밀밭속 문둥이 꺼억 꺼억
세상의 문을 열지 못해

자폐증을 앓고 있는 아이
눈물만 방울방울 허공에 걸리고
슬픈 고백이 귓전에 맴돈다
비 온 뒤
호밀밭 속 문둥이 꺼억 꺼억

　문둥은 세상을 듣고 싶으나 귀머거리이다. 호밀밭 속의 문둥이
는 세상으로 나아가고 싶으나 "세상의 문을 열지 못해 / 자폐증
을 앓고 있는 아이"이다. 그래서 둘은 다르면서 같다. 비 온 뒤의
여름은 푸른 생기의 아름다움이 넘친다. 귀가 들리지 않아 아름
다운 세상에서 친구들과 마음껏 뛰놀지 못하는 문둥과 문둥이라
서 호밀밭에서 "꺼억 꺼억" 울고 있는 문둥이는 결국 한 사람이
다. 황두승 시인에게 시의 원초적 체험은 유년시절에 이렇듯 왔을
것이다. 이런 내밀한 고백 속에서 시인은 '방황'을 하였고, 이 방
황은 시인에게는 탁도(濁道)이었을 것이며 구도(求道)이기도 했을
것이다. 그리하여, '무화과'를 "나는 본디 없다. / 나는 내가 누
구인지 모른다. / 당신은 문둥이의 몸뚱이를 꽃으로 피운다. / 당
신의 뜻에 따라, / 나는 있다."(「無花果」부분)라고 하다가,

아마 그럴 거야
슬픔에게 온화한 미소를 보내는 것
무상(無常)에게 옥수수 알갱이처럼
씹을수록 맛을 나게 하는 것

기다림에 익숙해지는 것
그리워할 수 있다는 것에 대하여
늘 감사하는 것,
그리고 기도하는 것
방황이여 안녕!
아마 이럴 거야

- 「지천명(知天命)」 전문

이와 같은 완숙에 이르게 되었을 것이다.

유년 시절, 간접 경험을 통하여 자신도 죽게 될 것이라는 최초의 자각 의식은 두려움과 불안, 그로 인한 심리적 방황으로 존재를 끌어들고 가나, 중년 이후 죽음에 대한 의식은 삶을 원숙하게 하고, 미처 발견하지 못한 삶의 아름다움으로 끌고 들어가게 된다. 이즈음에 죽음은 드디어 이미 있었으나 몰랐던 삶의 아름다움으로 '나'를 끌고 들어가, 그것을 보게 한다. 장마철 모과 차한 잔을 점심 삼아 먹고, 장맛비 속에서 죽음을 생각하는 일상에대해 '연시(戀詩)'라는 제목을 붙인 것도 중년 이후 알게 된 '방황' 뒤에 찾아온, 원숙의 평온으로 인한 새로운 아름다움을 그리워하며 사랑하게 된 원숙의 덕이다.

모과 차 한잔을 점심거리로 삼을 때,
귀천(歸天)을 본다.
장맛비가 쏟아진다.

- 「장마와 戀詩」 전문

그리하여 "별빛이 육화(肉化)되는 오늘 밤 / 거룩한 탄생을 품은 오늘 밤 / 마름이 없는 설렘의 옹달샘이 되고 / 기다림의 뿌리가 되네. / 새하얀 밤, 졸음에 겨워도 / 유별나게 사나운 추위를 뚫고 / 고달픈 이들을 어루만지듯 / 기쁨의 눈가루가 되어 / 침실 밖 매화나무 가지에 / 소복소복 쌓이네."(「성탄전야」)의 평온에 이르러, 세계를 이끌어 가게 되었을 것이다. 아마도 이것이 1부에서 말하고자 하는 황두승 시인의 시학의 의미일 것이다. "그대의 침묵은 사랑으로 숙성된 시이외다. / 그대의 꿈은 / 지상에서 영원으로 / 절대고독을 녹여 쓴 시일 거외다."(「시론」)와 같이.

3

황두승 시인은 「혁명가들에게 고함」에서, "저 별은 네 영혼의 주소 / 태양이 사라져도 / 네가 꿈꾸지 않아도 / 항상 빛나고 있네 / 꿈속의 꿈처럼. // 혁명가들이여 / 네 영혼의 궤적을 기록하려는 / 욕망으로 / 방황하지 마라. / 철학을 연구하는 방랑자보다 / 철학하는 소나무가 되어라. / 절대 고독을 양식 삼아. // 언제나 사랑을 위해 고뇌하라. / 네 영혼의 꿈을 위해 투쟁하라. / 육신의 세포가 / 그리움을 상실할 때까지."라고 했다. 독실한 가톨릭 신자인 황두승 시인에게 '별'은 절대자의 영원불멸의 가치인 '절대 사랑'과 같은 것이다. 그러므로 혁명은 "사랑을 위해 고뇌"해야 하는 것이고, 그러기에 "절대 고독을 양식"으로 삼아야 하는 것이다. 그것은 결코 "네 영혼의 궤적을 기록하려는 /

욕망으로 / 방황"해서는 안 되는 것이다. 이것이 황두승 시인이 노래하는 혁명의 의미로, 육신의 세포가 그리움을 상실하는 마지막 순간까지 간직하고 지켜할 가치이다.

황두승 시인의 고향은 전라북도 정읍 고부로, 갑오혁명의 시발지이다. 당시 고부 군수였던 조병갑은 만석보 밑에 쓸데없는 보를 쌓고, 수세를 강제로 징수한다. 이에 녹두장군 전봉준이 시정을 요구하였으나 듣지 않게 되자, 농민군 1000여 명을 이끌고 가 관아를 점령하고 농민에게 가혹한 세금을 수탈해 가던 균전사를 폐지한다. 이 고부농민봉기가 바로 갑오혁명의 시발점이 된 것이다.

슬퍼하지 마라!
이 땅의 억울한 원혼들에 대해
어떻게 슬퍼할거냐
눈물을 흘리지 마라!
이 땅에 살아있는 이의 업보를
어떻게 감당할거냐
금강석이 잿가루 되도록
네 자신을 혁명하라!
그래도 슬퍼하거늘
진혼의 향을 피워 올려라
세월도 슬퍼하거늘
진혼곡을 침묵으로 불러라

그래도 진정 슬퍼하거늘
슬픔을 느낄 수 있는
모든 영혼의 여력을 떨쳐
이 땅의 산천초목에게 선포하라!
저 하늘의 일월성신에게 선포하라!
"세상의 평화를 주소서"
혁명의 기도를 올려라!
혁명은 위령의 축제이어라!
혁명은 또 다른 순교의 축제이어라!

- 「진혼제」 전문

이 시에서 말하고자 하는 핵심은 "금강석이 잿가루 되도록 /
네 자신을 혁명하라!", "진혼곡을 침묵으로 불러라", " 세상의 평
화를 주소서 / 혁명의 기도를 올려라"이다. 황두승 시인의 '혁
명'은 종교적 순교와 유사한 '절대 사랑'이어야 하므로, '절대
고독'을 견뎌야 하는 것이다. 그러므로 "금강석이 잿가루 되도
록"이라는 역설로, "네 자신의 혁명"을 최우선으로 강조하는 것
이다. 그러기에 억울한 원혼들에 대한 진혼곡을 "침묵으로 부르
라"하는 것이다. 그러나 그것은 "세상의 평화를 주소서"라는
"혁명의 기도"이며, 이것이 황두승 시인이 생각하는 진정한 의
미의 '진혼제' 또는 '위령제'인 것이다.

황 시인에게 혁명은 죽음을 위한 것이 아니라 삶을 위한 것이
며, '나'의 죽음도 결국은 이 세계의 '삶'을 위한 것이다. 이렇게

생각할 때 "네 자신을 혁명하라!"는 의미는 삶과 죽음의 경계를
뛰어넘는 영원불멸의 삶, 그것은 바로 인간 역사와 개인의 삶의
평온과 행복, 거기로부터 오는 웃음의 생기를 위해, '나' 자신을
바꾸는 것이다. 이것이 곧 수도자의 삶이며, 시인의 삶이며, 혁명
가의 삶이다. 「예루살렘에서 산티아고까지」, 「빛깔 고운 교향곡
을 아시나요」, 「이교도와의 사랑」, 「수도사들에게 고함」 등의 종
교적 시편들도 결국은, 「함소아꽃 향기에 혁명의 깃발이 나부낀
다」와 같은 황두승만의 '혁명'으로 응결된다. 그리고 그 혁명과
사랑의 바탕에는 '진혼'과 '위령'의 의식이 자리하고 있다.

4

「초여름의 우울」은 시인 스스로의 반성으로 이 글을 쓰는 '나'
또한 끌어 들여 반성하게 하는 깊지만 맑은 성찰의 시이다. '덩
치만 큰 호박벌처럼 소녀가장이 보낸 봄에 매달린 너'는, "슬픔
의 껍데기만 핥으며 / 일상의 합리적인 허울을 쓴다." '너'는 시
인이기도 하고, 이 글을 쓰는 '나'이기도 하고, 이 시집을 읽고
읽는 독자들이기도 하다.

> 버드나무 연초록 새잎이 돋아도
> 봄이 오는 줄 몰라.
> 하얀 목련 꽃잎이 바람에 날려도
> 봄이 가는 줄 몰라.
> 이 세상의 꿈을 접어버린

소녀가장의 마지막 기록만이
봄을 보내는 걸 알아.
등나무 꽃은 그녀의 보랏빛 눈물
주렁주렁 눈물의 꿈이 응결된 고드름처럼
저 하늘에 매달리고
패랭이꽃은 땅바닥에 납작히
푸른 하늘로 진홍빛 조의를 표한다.
너는 덩치만 큰 호박벌처럼
그녀가 보내버린 봄에 매달리고
슬픔의 껍데기만 핥으며
일상의 합리적인 허울을 쓴다.
아예 봄을 잊는다.

나는 "이 세상의 꿈을 접어버린 / 소녀가장의 마지막 기록"과
"등나무 꽃은 그녀의 보랏빛 눈물"의 표현들에 주목한다. 그리
고 이렇듯 투명하고 아름다운 슬픔을 관조하며, 스스로 성찰하
는 시인의 감성미학을 부러워하며, 나아가 "푸른 하늘로 진홍
빛 조의를" 표하며, 땅바닥에 납작 엎드려 "패랭이꽃"에 이르
러 찬탄한다.

투명한 안광에 포착되어 진정과 교감하지 않는 기발함은 사이
비에 불과하다. 그것은 "슬픔의 껍데기만 핥으며 / 일상의 합리
적인 허울을" 쓴 가짜 서정이다. 시와 주체의 괴리이며, 말과 주
체의 분리이며, 문학과 세계의 형이상학을 혼란에 빠트리는 '악

의 서정'인 것이다. 시의 서정은 실상의 실감에 근원을 둔 것이다. 그것은 실상과 접하여, 시인 본연의 맑은 성정에 이르러 일어나는 정(情)이 지(志)가 되어, 생명의 숨결로 언표화하는 것이다. 결코 관념의 조작에 의해 '지어지는 것'이 아니다. 그렇게 지어지는 시는 "등나무 꽃은 그녀의 보랏빛 눈물 / 주렁주렁 눈물의 꿈이 응결된 고드름처럼 / 저 하늘에 매달리고"와 같은 진기(眞奇)에 도달할 수 없다.

황두승 시인의 자선 시집 「혁명 시학」에는 이런 시경에 도달한 시편이 상당수 수록되어 있다. 이를 다 소개하지 못하는 것은 제3시집「고상한 혁명」의 발문 (「황두승의 '고상한 혁명' 읽기」)에서 이미 필자가 언급한 바 있기 때문이다.

황두승 형의 새로운 창작집 제5시집을 기대하며, "가장 아름다운 詩는 / 언제나 새로운 미학을 빚어내는 / 그대의 삶 자체일거외다."를 되새기면서 발문을 마친다.

황두승

전북 정읍 고부 출생
전주고등학교 졸업
연세대학교 졸업
헌법학 박사
헌법재판소 헌법연구관,
독일 Bonn 대학교 Humboldt Fellow,
미국 New York 대학교 Global Fellow 역임

문학세계 신인문학상 수상 등단(2005년)
제1시집 혁명가들에게 고함(2005년)
제2시집 나의 기도문 - 진화와 혁명에 대한 성찰(2010년)
제3시집 고상한 혁명(2015년)
제4시집 시선집 혁명시학(2015년)

혁명시학

황두승 제4시집

인쇄 1판 1쇄 2015년 11월 25일
발행 1판 1쇄 2015년 11월 27일

지 은 이 황두승
펴 낸 이 이규배
펴 낸 곳 문학과 행동사
등   록 제 2015-000059호 (2015. 08. 03)
주   소 서울시 강서구 까치산로22길 29-7
전   화 02-2647-6336
이 메 일 kyubae-lee@hanmail.net

값 10,000원
ISSN 978-89-956780-1-3(03810)